大岬日記

もくじ

日記

それでも地球は動いている

林和平

8月5日（Ⅰ）

朝顔や日日穏日祈るなり

蟬が鳴いてます。日日恙無くお暮らしですか。暑い日が続いてます。かき氷でも食べたいです。

テレビのプロ野球を観戦してます。清人さんは元中日ドラゴンズの捕手。その後元気でいますか。日日暑い中大変でしょう。

元気で送日してますので一応ご休心の程。また便りしますが、娘さんは如何してますか。

春は花夏月夜風秋すず虫冬ふるさと灯よ

春の桜は清しくも夏の月夜の風涼し、秋にすず虫、冬ふるさとの岬の灯り。

夏岬ふるさとの海今日の日よ

海眺めるとこの地球の広さを思う。遠く異郷への渇仰とふるさとの暮らしを思いみる。君、清様は如何にて漁に出ているやら。海鳥は飛ぶ。潮騒ひびく砂浜で海水浴も。地産地消の話やら和田珍味本店にて筆を運ばせ考えみる。

満天の月十六夜の秋立ちぬ

8月5日（Ⅱ）

残照の海、漁火点もるいかつり船は出港。海清丸はどこの沖。

夏岬星輝きて沖の船

いかつり船の漁火が沖に点もる。暮らしの糧に汗水流す漁師。村の暮らしはよきものを。孫子が生い立つこの村で健やかに成長せよと祈るなり。岬に星が輝きて明日の暮らしを夢にみる。

海のこと故時化てはいけず凪をみて漁する業い。船が故障すると駄目だし、一枚底板海の藻くずとならなければならない。命をかけている。子供らの夢にかけて家主は漁に励む。

何をしたかではなく何を成《な》すである。生活をより自分らしい生活を営み生活を成す自分の生活スタイルでより充実した暮らしをしているかである。

そろそろ無花果も青く実る頃。秋はもうそこ、暦の上ではもう来てる。

風立ちぬ岬に在りて白い秋

信

2月22日（Ⅰ）

残照の病床にふす秋の頃

徳のある偉人にはなられないがせめて精神が安定して普通の心持ちでいられたらと思う。心が安定して、ふつうの精神状態で考え、思い、行動出来るようにと願うのである。

何をなしたのでなく安定した心で生活する。生活者でありたい。

徳のある、偉らい人だ。に、ならなくて、ただ普通の心持ちでふつうの生活する。

生活する態度に重点を置きたい。

学識はあればこした事ないが、人にはやさしく大らかで認める心を持ちたい。

精神が安定していれば充分。

心平らかでふつうでありたい。

淋しさは友のない身のつらさなり頼るお人のあればなりけり

岬の村に暮らす我れ、人の来ない家で部屋で淋しく人を待つ。あの病舎の秋の頃思う。手厚い看護の勇希君ありがとう。今は二月の末となり、今日は訪問看護ステーション「碧」の大谷さんか森山さんが十時にやって来られる。

散歩するガタガタ道や草萌える

2月22日（Ⅱ）

水仙の芳ばしきなり道すがら

町のセンター長をされておられせる長尾英明さんを訪ねた帰り、鳥は啼き水仙の匂いに驚かされた。

齢七十二才の二月、道に迷いし我れに自然は間違いなくやってくる。水仙の匂いが朝の気に強く鼻をつく。

この一体感、しっとり感。人生への確かな足取り。

今、午後三時になろうとしている。炬燵の上の電気スタンドを点け、これを記している。鳥が啼いて外の明りも明るい。目の前の母の遺作の「かたくりのちぎり絵」が物申している。

あのやさしい、しっかりした、徳のあった母が思い出される。

又、目の前には林和平、従兄の掛軸も垂れている。「それでも地球は動いている和平」りっぱな書だ。私もこれから半切に〝歸去来兮田園將蕪胡不歸〟を書こうか？

鳥啼きて静かな午後の昼下がり書をしたためし後のコーヒー

2月26日

雨は降るまだ暗きなり冬の朝

今日は父柳作の忌日、二月二十六日。二〇一九年が二十三回忌でした。農協の組合長もし、統計の方で表彰されている。小学校百年誌の編集長、「五十猛年表」「ふるさと五十猛」も発刊、著者。認知はされていない。感覚的に子供と思っていて誰からも母からも知らされていない。

清さんはどうしているのだろうか? 思われる。

童謡、私作詩、高橋知子作曲の「海」のCDをかけている。

林和平さんには申し訳けない事をした、誤解であった。病院でどうしているだろうか? 一緒に暮らしたい夢がある。老後の世話をしてあげたい。

〝かずへい君〟〝岬のうた〟〝海〟〝夏岬〟等流れている。

今日の昼のおかずは何を作ろうかと考えている。

コーヒーでも飲もうか。

雨の音静かに夜は明けてくるＣＤ流るコーヒー飲んでる

今さらに従兄《あに》の偉さを痛感す今の処遇のいかばかりかや

和平さんの書を見ながら外を見てる。閑かなりこの至福の時を。スタンドの灯りをつけてこの二月の終わりの一人居の部屋でポツ念としている。小鳥の声も聞ける。三月四日がこようとしてる。

和平さんの書は力強い。書家的センスがある。私の書と比べると彼のよさがひき立つ。

3月10日

小鳥啼く清しき朝だ春が来た

三月だ。朝、炬燵で電気スタンドの灯をつけ、これを記している。時計がコチコチと針音をならしている。

わが人生も残りわずか、余命いくばくか。

従兄の和平さんはどうしているのだろうか。二人とも同じような運命。出来た人だが不運である。

先日、町づくりセンターに行く道すがら水仙の花が咲いていた。芳わしき匂いをさせて群生していた。

詩吟のグループにこの三月から参加している。吟じることはなかなか思うようにいかない。

今、部屋で小鳥の声を聞いている。

さっき校正をして林里佳子先生の元に郵便で出してきた。有難いことに本を出版してくれるとか……。葛西先生藤井氏との共著である。楽しみだ。
今日は恩師前川先生多田先生の命日である。

亡き両先生のご命日よき師にめぐまれ果報者なるや

3月20日

初恋は遠きに在りて思うもの

初恋、桑原公子さま。今日は幼なき頃の幼なき恋の清美さんに電話した。あしたが彼女の誕生日。

ふるさとは遠きに在りて思うものと詩った詩人がいた。清美さんは中学校まで同じだった。高校は違っていた。

今は幸せかい。そんな流行歌もあった。

今日は彼岸の中日である。

春になったら会えるのね。もうすぐもうすぐ会えるのね。「雪の日のたより」が一番好きな童謡です。

二月十七日に精神病棟から退院したばかり。

その丘のリボンを結いし彼の女は今はどうしているのでしょうか

3月25日

小鳥啼く小春日和の日の光

のどかな午後、春になりました。明るい日の光が部屋に射してます。こんな穏やかな穏日晴朗。いいものですね。

心穏やかで十二分にこの身を浸たそうと思うのです。この幸せをかみしめてます。

コーヒーでも飲んで作品は出来なくても心置きなく生活しています。

生活者でありたい。

林里佳子先生が本を考えて下さっていますので出来上がるのが楽しみです。

今、てらいんく制作中の校正原稿を待っています。

また、私生活では保佐人制度になったので社協の和田弘文課長にお世話をかけてます。この三月からスタートです。安心して暮らせていけそうです。

一杯のアイスコーヒーを飲んでます。

穏やかな日々が続きますようにとペンを走らせて願うのです。

3月28日

春雨や小鳥声聞く静かなり

今日は三月最後の日曜日。春場所千秋楽。大栄翔、勝ち越しなるかどうかの星勘定。

今、AM11：00

いい暮らしである。仕事もない、することもない。でも働けるうちは働いた方がいいと思う。することがないということは淋しいことでもある。

訪問看護の「碧」の職員さんが帰った所。人が来るということはいいことである。

明るき窓の緑葉は美しきかなこの暮らしなかなかよきや

昼ご飯の準備をしようか。

3月31日

春の鳥啼く音極まり山の空

自分がどうある生活をしたいか。どういう暮らしをしたいか。どうある姿を将来に描いているか。かくある自分の将来設計図を。

何をなすか、何をするかでなく穏やかな暮らしぶりが一番いいのではないか。一日家に居て心自由で不満もなく心満たされた生活。それが一番。穏日清朗。

窓の外緑葉明し小春日の穏やかな暮らし時に遊ぶ

社会との接点を持とうとしている自分がいる。生きてゆく中で色彩りが出るのでは？

文学で身を立てる夢を持てたらいいなと思う自分がいる。

今日は一週間分の食材を買いに行こう。今日の予算は三千円。

それでも地球は動いている――林和平言

心満つ朝の光を見つめ入り明るき緑葉沁みいる中

身を立て名を成しやよ励めよ、仰げば尊し

4月5日

春の雨心も濡れて洗われぬ

穏やかな春の雨。穏やかが一番。

老後とてもいい生活が送くれそうだ。何を成したのでもなく、何をなさねばならないのでもなく自由に心自由に一日を過ごす。これが幸せなのでは？

人々との親交をモットーに日々是、穏日清朗。

いい童謡作品を残そう。これが本来の私の志、夢であった。

徳はついてくるもの、生むものでもない。まして作るものでない。自然に身につくもの。

偉さでない。いかに生活しているか、するかである、生活者でないと。


春の頃なら桜でしょ桜花野山に里に花盛りなれ

明けて今日、四月五日

それでも地球は動いている——林和平

4月7日

緑葉の外をながめて日を送るやさしき時が心に残る

外の緑葉を見て時を過ごす。こんな穏やかな幸せな空間を与えられて、いい境涯である。

いつまでもこうあってほしいものである。何を生み出すのでもなく、何を残すのでもなく心平穏がいい。

朝の湯を楽しんで、いい一日が過ごせそう。入院生活のみじめさを経験しているだけに今が一番。

ただ、従兄の和平さんのことが思われる。

時計音春の長閑かな時刻む

4月8日

緑葉の春風に微々揺れにける

窓の外は明るい緑葉、春の風に揺れている。こんな平和な一時を過ごすことを夢にもみないでいたのになんと幸せな時であろう。

仏壇に灯り点もり、部屋にあかりを点もし、時計がコチコチ音をたてている。部屋には和平さんの書が心安らかにしてくれている。

コーヒーを飲みながら一時を過ごしている。満枝姉さんと甥貴浩のツーショットの写真も立てかけてある。至福の時である。

炬燵にあたり、昼飯何を食べようかと思案している。

精神科も今は調子がいい。

月曜日には保佐人の社協の方が来られる。

ツバメ飛ぶ頃となりけり天気晴れつつがなきことこの上ないこと

4月16日（Ｉ）

緑葉の春の朝日に清《す》めるなり

朝七時、ご供養も終え食事もとり風呂に湯を入れている。こんな長閑かな有難い穏やかな一時を持てる幸せ。人生のうちでなんといい老後であろうか。いろいろあったが今の所申し分ない。ただ従兄の和平さんがいたらと思う。ただ和平さんの事だけが心残りだ。

創作活動は一段落した。俳句と短歌をもう少し。それが終わったら、短歌を時々作るだけ。

そして曲集を三冊出したい。今七十三才。のんきな生活を送っている。心穏やかでいられる。

今、世の中コロナ騒動。将来、インフルエンザみたいになって収まるだろう。オリンピックも一年遅れて開催だが、どうなることだろう。

岡潔は三Sはいけないと言っているが、私にはわからない。いいとも思うのであるが私は。

青蛙車にひかれ空青し

コロナ禍でワクチン接種始まりぬ世の中騒然ニュースしきり

4月16日（Ⅱ）

春の日の草に寝転び雲に乗る

何か不安、不満少し折り込められた精神構造の中に穏やかな心おきない安定した精神でいられて過ごす時が続けば理想。

何をするのでもなく何をしたいのでもなくただ平穏に時を過ごす。穏日清朗。

一人居の暮らし慣れたる侘び住いこれもよしなり人来るよし

今が一番いい時かも。

文筆も才能ないし、かと言ってこれと言ってすることもないしい。ただ生活者でいたい。

4月17日

今日は土曜日。朝、ちょっと雨でした。昼空は明るく晴れて鷗が啼き雀が啼いて車は入いる港道。

明るいあしたの予定も入っている。

なかなか世の中捨てたものじゃない。成さぬ事も多々あるが楽しみも又ある。

童謡に志しその道を歩いて来たが世に受け入れられていないが、私にもいい曲がいくつかある。だから今満足している、中田一次曲の〝あした〟が好きな歌です。

昨年も全国童謡歌唱コンクールで伊藤幹翁曲の「僕がうたう秋のうた」が歌われた。

月曜日は大田町へ出かける予定。


ペンを持つ筆の流れも軽やかにつづる文章心うつして

あした草忘れな草もつけたして

をかしくもまたあはれなり春の夢

時計のコチコチ針音がしている。いい時を過ごさせてもらって幸せである。父・母よありがとう。先輩和平さんありがとう。

4月20日

朝の気や春も中頃おつとめす

朝の供養。幸せを願う簡単なおつとめだが。

楽しみは風呂日なりけりそれだけど在宅でいることの幸せ

一人居の淋しさもなくなり、でも人が来てくれることは嬉しくも有難いことである。一日中家の中での生活も苦でなく心地よい。道路端に出ることもある。昨日は藤井先生と松場社長と出原さんの四人で会食、およばれした。ご馳走になった。

ありがたいことだ。久しぶり。

4月28日（Ⅰ）

朝の湯の春の雨音垢流す

朝早く目が覚めた。読経して湯に入いり朝ご飯を食べた。

願い事が叶うといいのに越した事はないが願い続けることも大事と思う。

今日は雨である。

不安はあるがとてもよい時を過ごしている。この調子が続くことを願う。

昨日、満枝姉さんから電話があった。いい姉だ。とても有難い存在だ。

たまにはバスで出かけたいのだが。車は廃車処分にしたのでバスしかない。

松山博さんが死んでいるのだが、命日が知りたいのだがわからない。父の生まれ代わりと思った人なのでご供養をしてあげたいのだ。

林和平さんはどうしてるだろう。

清水清さん石田正行さん等とも親しくなりたいのだが。

寧子ちゃんも宗助君もりっぱになってほしい。

行く川の流れは末は海にへと木の葉浮かべて空を見つめて

4月28日（Ⅱ）

雨音の春の午後にはテレビつけ

あすは〝昭和の日〟。今日は菊の花を画いた。何も目的もない生活だが穏やかさはある。

詩吟をはじめた。なかなか難かしい。

テレビのセリフだが、神さまは乗り越えられない試練は与えない。と、あった。

林和平さんとの電話問題もなかなか進展しない。気がもめる所だ。

父親問題もある。父よ！

忙しく生活するのがいいか。何も目的はないが穏やかな生活を送るのもいいか。

穏日清朗。

穏日清朗晴れでいい雨でもいい穏やかああ本日清朗

4月29日

春雨や今日はいつまで降るのやら

朝からずっと雨。今十一時だ。
今日は少し私は生きづらさを感じている。何か違和感があり少し生活しづらい。
短歌も俳句も書き終え、短歌を月四首。例会の為に作るだけだ。
「こころの元気＋」に載せる童謡と、この「大岬日記」の原稿を書くだけだ。
文筆活動も先が見えてる。
絵を描いたり書を画いたりして暮らすだけだ。そして少しの勉強と。
後は、林和平さんとの暮らし、清水清さん石田正行さんとの交友があれば満足。
老後はとてもいい生活が送くれそうだ。だいたい私は運がいい方だ。
曲集二冊。作文一冊を出版したい夢がある。九十五万はかかる。

雨の日は雨とともに風の日は風とともに生きていく生活

4月30日

月末の帳尻合せ春嵐

いつかの青い春でした。体調は万全ではないが調子いい。浜田行きは二十五日（火）だ。

あすは風呂日、楽しみだ。時間帯も夜ではなく自由に楽しんでいる。今が一番いい時だ。

コロナのワクチンの案内が来た。大変な世の中になった。

今日も気分はとてもいい。何か書でもかこうかと思う。色紙も半切もあるし。

勇希君に手紙でも書こうか？　清さんにも一筆。？

肇君や英明君。保佐人の和田弘文課長。橋田課長もとてもいい人だ。

人はいさ心も知らで咲く花の花言葉なる花の人。

5月2日

鯉のぼり朝の日泳ぐ夢に乗る

林宗助ここに在り。姉寧子ちゃんと仲よく登校してる。幸せな一生であってほしい。夢が叶ってほしい。どんな生活を送りたいかである。将来設計よろしく、学び遊びに友といい人と添えるように。

私の夢は半分叶えられた。いつ死んでも悔いはない。いい人生だったと言って死ねそうだ。父・母もよかった。

あとの余生も楽しみだ。

大谷所長か森山さんが来る日だ。楽しみの日だ。二人とも出来たとてもいい感じのいい人だ。お話できることが喜びである。

人それぞれの人生がある。あれがいいこれがいいのでなく、その人の納得した人生を歩むことだ。才能でない人柄だ。

いろは匂へど緑陰の影今日の朝方風あれど清《すが》しく始む

父の偉業を何とかしたいのだが私の力ではどうすることもアイキャンノットだ。まだ父の背中を追えそうもない。それだけ偉大な父だ。

5月4日

朝風呂の五月の日射しいい湯なり

明るい風呂場の日射し気持ちよさ。ゼイタクな暮らしだ。

一日何もなく不安な部分もある。何もすることがないので時間を持て余すのだ。

外では白い花が咲いている。

早め早めに事をなしていた。

やはり和平さんと暮らした方が私にとっても都合がいいのかも。いろいろ大変なことが予想されるが早く一緒に暮らしたい。

心の余裕が持てればいいのだが。

適度な刺激。


貧すれば窮すと言うが心して余裕を持った暮らしぶりへと

宣治の幸せ願う秋の夜かけがえのない友でありしと

初恋の公子の花はあざみなり岬の村に咲きいづるなり

宣治の頼《たの》もしき友異郷の地如何《いか》に暮らせる案じているよ

貴浩の幸せ願う叔父の我れ君がいてくれ心強きし

清《きよし》様心頼《たよ》りの友なりき明日も元気に過ごしてたもれ

5月5日

今日は子供の日だ。私は童謡に志を立てた。今、〝僕がうたう秋のうた〟が一人歩きしている。志は果たせたのだ。

こいのぼり男子の夢を叶えたれ

今、私の中での問題は私の人格に自信が持てないことだ。みんなより劣っている感がある。身のたけ問題であるが、今の身分、人格のたけは低いと認識しているが、ある人の発言の私の身のたけ評価は私に対して失礼だと思っている。

父、柳作が私の中で実像として、この3日から出現してきた。嬉しいことだ。私にとって大事な偉大な人だ。大好きだ。

不安な部分もあるが一日サイクルがスムーズに行きさえすればいいのだ。

不運なる従兄のこと尊敬してる雨音わびし心も濡れる

それでも地球は動いている。

5月7日

従兄《あに》思う都忘れの花の咲く
病舎はなかなか切なかろう。
朝晩の祈り届けとご仏前人ごとならずわがことなりき

昨日床屋に行ってきた。すっきりした。一ヶ月に一回はしたいのだが思うようにいかない。散髪するとすっきりする。

今日は風呂日。楽しみなことだ。唯一の楽しみ。風呂は好きというのでもないがそれしか変化がないのだ。都忘れの苗と矢車草の種も買って来た。

早く起きるが睡眠は充分とれているので心配はない。

父の於母影が浮かぶ毎日。嬉しいことだ。

緑葉はいつもと変わらず青いよさわやかな朝迎えけるなり

今、母の背中が私の生きる姿背を教えてくれている。いい日です。心地よい時間が過ぎてゆきます。

桑の実の熟れる頃なり母姉さ

母と暮らしたいい日が思い出されます。とってもいい日でした。

5月8日

梅雨の雨あしたつながるかたつむり

「あしたつながる」から、まだ梅雨ではないが梅雨の句が出来た。

今日はとてもいい晩だ。と、雑記帳に記した。シンデレラの靴ではないが寿信の墨跡も残せた。十二時を回ってしまった。今日はきっといい日だろう。5月8日0時5分記。

ご飯も食べて何をしようかと考えている。今、毎日とてもいい時間を過ごせている。体調もいいし。コンデション抜群。一人居住いだけどただその所だけが気になるだけ。

私は運がいい方である。とても今は幸せだ。それだけに和平さんが気になり可哀想だ。

大岬日記文を書き終え、わが一生はここに完結。

つばめ飛ぶつばめ返しの茜空

夏岬清様船どこへ行く

6月6日

０時に起きた。父が大好きだ。母には感謝してる。今日は別所さんの命日。この世で一番尊敬できる人だった。乙立町の出雲人だ。

広戸先生、井上先生、前川先生、布野先生、高木先生、多田先生、石本先生、宍道先生が思い出される。感謝しても感謝しきれぬ。

自分の人格、人間性に自信がない。

〝穏日清朗〟が準備中である。出来上がりが楽しみだ。

清水清、石田正行、和田弘文さんともうまくやっていきたい。

一部屋一杯に和平さんの書があるが見れば見るほどどれも素敵なものに見えてくる。不思議だ。彼は書家だ。

彼の書には力《ちから》があると思う。人の心を動かす力が。

6月29日（火）

今日はまああの精神状態だ。ただ時間をやり過ごす、ふつうに過ごしていければ良好だ。ただやり過ごすにも精神が落ち着かなければ困まる。平穏に、穏日晴朗でありたい。

テレビは面白くない。和平さんの書が部屋にかかっていることが有難い。従兄は偉い。

それでも地球は動いている——和平言

そして、かってあった感、（覚）はなんだろう？

この道は憂きことのみ。哀しくもやるせなき日を送くる。心ここに非ず。無為の日過ぎゆく。

小鳥啼く世の中の日は誰が為に有りき。自然はただ時の移ろい。

小鳥啼く朝の明るさ緑なす冬の初めの今日のおつとめ
又、友の安否と従兄の安否と両親の成仏と。鷗飛ぶ。

「それでも地球は動いている。」従兄申す。

祈りよ届け。

朝夕に祈る仏壇届けかしわがささやかな貧しきこの手

時の過ごし方が問題だ。いかに時を過ごしてゆくか。心が平穏で安定しているか。

ふつうに過ごしてゆく。それが課題だ。

緑葉がかすかに揺れて窓の外朝の明るさ心にしみる

従兄和平さんのことが思われる。偉い人だ。彼の人生は不遇だ。

書作品もりっぱだ。尊敬できる。

風に揺れ窓の木の葉は緑なすこのしめやかな時をむかえる

緑葉の朝の居心地平らかに日々の暮らしに心安けく
穏日清朗かくあれかし。日々平穏に暮らしあれ。いかに生活してゆくか。心平らかにふつうの暮らし。

幸せ感を持つ。幸せだという思い。いつの日も。

窓の外緑葉はゆれて時刻む時計音の高く響くよ

判断力が無くなる。これが一番困まる。

又、従兄の和平さんのことが思われる。彼の書の力には驚かされる。事実と真実がうかがわれる。深さがある。線質がいい。実あり。

従兄の書は書力ありけりつくづくと一家をなして美事なりける

×××

生きる気力を失くした時もあるが、今はただ雑念、妄想をとり払い、普通の感性でただ一念で無心で生きていこうと思う。

従兄、和平に感謝。と、尊敬。

彼はいつも〝自然体〟で生きよと言ってる。

従兄の書と対話してみて力得る。従兄のすごさをしみじみ感ず
最後に大恩人の葛西薫先生に感謝して日記を閉じる。

詩

かずへい

五月の青空は
こいのぼりが似合う
かずへいはかけてゆく
風は青葉を通りける

五月の若葉の上
こいのぼりも泳ぐ
かずへいが笑ってる
夢は遠くに浮かんでいる

こいのぼり　こいのぼり
青葉の風に夢をはこんでる

こいのぼり

鯉は泳ぐ
和平は見上げる
あの鯉のよう
大空高く勇ましく龍となれ

鯉は高く
和平がみつめる
あの鯉は今
元気に泳ぐいつかそれ龍となる

こいのぼり五月の空に
高く元気に泳ぐいつかきっと

富士

富士を見つめて
かずへい
口笛ならす
柿の木の葉が一つ枝からはなれ
風がうたう秋のうた

富士を見ながら
かずへい
お絵かきしてる
のぎくの花が咲いて風にゆれてる
花がうたう秋のうた

秋の日

山鳩啼いて
まさよしちゃん
秋の青空遠い雲
たよりが届く窓辺にて
なつかしく読んでた
今日のよき日に

からすが帰る
まさよしちゃん
秋の日暮れは夕焼ける
灯りが消えた屋根の下
夢をみていますよ
あしたいい日に

イチバンボシ

向こうの山の一番星
ひろふみちゃんの星だ
あの日も遠く
いまはもう
イチバンボシになったんだ
みんなでみあげるイチバンボシ

いつかみあげる一番星
ひろふみちゃんの星だ
いつしか遠く
はるかいま
イチバンボシとかがやいた
こんなになったよイチバンボシ

ひろふみちゃんはイチバンボシ

ひろふみちゃん

――鯉魚龍門

高く鯉は泳ぐ
龍
鯉は龍となる
五月の青空は
青葉の風に鯉のぼりは高く
ひろふみちゃんは龍になる

泳ぐ鯉は高く
龍
鯉は龍になる
五月の高空に
青葉の風の鯉のぼりは泳ぐ
ひろふみちゃんは龍となる

龍その夢

五月の空にこいのぼり
いつか龍
こいのぼりは泳ぐ
けいすけきっと龍
高く五月の風の中

いつかの夢のこいのぼり
きっと龍
こいのぼりは高く
けいすけいつか龍
泳ぐ青葉の風の空

富士

富士のお山は秋の空
縁側でみあげる
正利《まさとし》　保《たもつ》　弘文《ひろふみ》
庭で遊んでる泰知《たいち》　恵汰《けいた》　卓巳《たくみ》
富士に柿の木が似合ってる
幸《さち》も由美《ゆみ》も
よろしく
富士と一緒に暮らしてく

いつもの朝です
みんな仲よしみんな大好き
おはようです

初雪

二人で知った初めての雪です
三瓶の山に初雪が降っています
さちちゃんとひろふみちゃん
二人みつめています
桜木とみつめています

川合《かわい》の里も初雪が降りました
ひろふみちゃんとさちちゃん
二人夢みています
雪物語の話の

秋の瞳

秋の野にヒュールル竹笛聞こえる
ふみこちゃん
野菊をみつけた
空には鰯雲
ひとみにうつる

雲白くヒュールル竹笛ながれる
ふみこちゃん
野菊の花摘む
秋風吹いている
ひとみの中に

楽譜

宵待草のうた

佐々木寿信作詩・作曲
三平典子編曲

あしたはきっと つきのよか
よかぜにそっと ふるえてる
ばなびらひとつ さいていた
よるのかわらにゆめをみ

る ー
よ い ま ち ぐ ー さ の
は な が ー さ
く
あ し た も よ る に
さ く で しょ
う
rit.
8va

矢車草の花言葉

作詩・作曲：佐々木寿信
編曲：三平典子

17
mp
くるくるくると さいてます
くるくるくると やぐるまそう
21
1.
25
2.
rit.
p

佐々木寿信（ささき としのぶ）

昭和23年3月4日　島根県大田市に生まれる。
島根大学文理学部中退。

童謡集
「白い秋」（日本海溝社）、「きりんさん」（てらいんく）、「もうすぐ春です」（てらいんく）、「おげんきですか」（てらいんく）、「遅日の記」（ＡＤＰ）、「海」（てらいんく）

詩集
「行雲流水」（てらいんく）、「母の墓碑銘」（てらいんく）

楽譜集
「岬から」（ハピーエコー）、「雨上がり」（てらいんく）、「僕がうたう秋のうた」（てらいんく）、「十五夜」（てらいんく）、「麦笛」（てらいんく）、「緑風」（てらいんく）、「お元気ですか」（てらいんく）

歌集
「春岬」（てらいんく）、「秋岬」（てらいんく）

句集
「白桜」（てらいんく）、「緑桜」（てらいんく）、「ふるさとはいつもの白い秋でした」（てらいんく）、「青葉の風」（てらいんく）

小説「岬の風」（てらいんく）
随筆集「日時計」（島根日日新聞社）
俳句・短歌集「穏日清朗」（ADP）

大岬日記

発　行　日　　2024 年 4 月 23 日
著　　　者　　佐々木寿信
発　行　人　　佐々木寿信
〒 694-0035　島根県大田市五十猛町 2107
TEL 0854-87-0377
発売・制作　　株式会社てらいんく
〒 215-0007　神奈川県川崎市麻生区向原 3-14-7
TEL　044-953-1828　　FAX　044-959-1803

ISBN978-4-86261-185-7　C0095
JASRAC　出　2401447-401